KB085292

모독

아시아에서는 《바이링궐 에디션 한국 대표 소설》을 기획하여 한국의 우수한 문학을 주제별로 엄선해 국내외 독자들에게 소개합니다. 이 기획은 국내외 우수한 번역가들이 참여하여 원작의 품격을 최대한 살렸습니다. 문학을 통해 아시아의 정체성과 가치를 살피는 데 주력해 온 아시아는 한국인의 삶을 넓고 깊게 이해하는 데 이 기획이 기여하기를 기대합니다.

Asia Publishers presents some of the very best modern Korean literature to readers worldwide through its new Korean literature series 〈Bilingual Edition Modern Korean Literature〉. We are proud and happy to offer it in the most authoritative translation by renowned translators of Korean literature. We hope that this series helps to build solid bridges between citizens of the world and Koreans through a rich in-depth understanding of Korea.

바이링궐 에디션 한국 대표 소설 079

Bi-lingual Edition Modern Korean Literature 079

Insult

조세희

모독

Cho Se-hui

ASIA
PUBLISHERS

Contents

모독

Insult

영희는 〈아무도 나를 위해 울지 마라〉를 걸어놓고 밖으로 나갔다. 바다에 배 한 척 떠 있지 않았다. 하늘과 닿은 수평선 쪽은 푸른색이었고 부표가 떠 있던 안쪽 바다는 녹색이었다. 바닷가를 걷는 사람 하나 보이지 않았다. 바닷물이 조개껍질의 선을 모래 위에 그어놓았는데도 그것을 줍겠다고 뛰어나가는 사람들도 없었다. 사람들은 여름에 몰려왔다가 갔다. 흠 없는 해돋이조개를 주워들고 돌아설 때 〈아무도 나를 위해 울지 마라〉가 나왔다. 슬픈 노래였다. 해수욕장 일을 와 얼마 안 되어 그 노래를 처음 들었었는데 그 노래를 부른 남자아

Young-hui put "Don't Let Anyone Cry for Me" on the player and stepped outside. Not a single ship could be seen on the sea, which was blue where it met the sky in the distance, and green closer up, where you could see the buoys. The beach, too, was deserted. The waves strung a garland of shells across the sand, but nobody came running to collect them. The summer crowds were long gone. She picked up an immaculate clamshell and turned just as the opening strains of the song began to play. It was a sad song.

She first heard it soon after she began working there, from a young guy who sang it over and over at his girlfriend's request. The song, which was

이는 함께 온 여자아이가 또 불러줘 또 불러줘 하는 바람에 계속 아무도 나를 위해 울지 말라고 노래 불렀고 사형수의 노래가 그렇게 가슴을 뜯을 수 없어 밤 일손을 놓고 그들의 텐트까지 간 영희는 노래 부르는 남자아이의 여자친구 옆에 서서…… 그리고 / 나를 잊으라 / 무덤 같은 것도 남기지 말라로 이어지는 노래를 듣고 바다반디가 달라붙는 물가로 걸어가며 그래 큰오빠 우리는 큰오빠 무덤도 남기지 않았는데 나는 그것이 가슴 아파 죽겠어 하며 혼자 눈물 흘리고는 했었다. 돌아가는 날 남자아이가 제목을 가르쳐주며 음반을 사라고 말했다. 그 노래가 끝났다. 바닷가 확성기에서 바늘 돌아가는 소리만 들렸다.

안으로 들어가 회보《친구들 소식》을 받았다. 우체부는 소나무밭을 지나고 민물 호수를 건너 한참 달리다 작은 바다 호숫가에 닿아 자전거를 세워놓고 쉰 다음 곧바로 해수욕장까지 페달을 밟아왔다. "너무 조용하군." 그가 말했다. "폭풍이라도 쳐왔으면 좋겠어요." 주방장이 받았다. 영희는 사무실 앞 의자에 앉아《친구들 소식》을 읽었다. 나이가 많았던 1 언니는 결혼을 했고

about someone on death row, touched her so deeply she stopped working and went over to the couple's tent. She stood next to them and listened: *"...Forget me and make not a tomb for me..."* Then she walked toward the shore in the company of fire-flies, shedding silent tears as she mumbled to herself, "Dear big brother, I wish we could make a tomb for you." Before he left, the young man told her the song title so she could buy the record.

The song finished and only the sound of the needle on the turntable could be heard over the loudspeaker. Young-hui went inside in time to get a bulletin about her friends from the postman. He had come a long way, pedaling past a grove of pine trees and a lake, and resting near a small lagoon before arriving at the beach.

"It's so quiet here," he said to the chef, who was also sitting on the side of the lagoon.

"We could use a storm," the chef agreed.

Young-hui sat down with the bulletin. "News from Our Friends," it read.

Sister 1, the eldest among us, has married. Sisters 2, 3, and 4 have been released after serving their prison terms. Sister 5, the eldest child of a widow, remains busy looking after her siblings. Sister 6, a devout Christian, began

2·3·4는 만기가 되어 나왔다. 홀어머니의 맏딸 5는 네 명의 어린 동생들을 돌보느라 오늘도 정신이 없다. 하느님의 자녀 6은 지난달부터 그 역시 하느님의 자녀인 의사 선생님의 도움을 받아 병원에 다닌다. 모임을 가질 때마다 훌륭한 노래 솜씨로 우리의 마음을 달래주었던 7은 직장을 잡았다. 어린 8은 지난달 모임에 나와 언니들이 주머니를 털어 만든 회보를 들여다보며 눈물을 글썽거렸다. 의부가 약주를 끊고 부두 일을 나가신다니 참 고마운 일이다. 대의원에 출마했던 9는 얼마 전까지 다니던 슈퍼마켓을 그만두었다. 퇴직금을 탔다는 죄책 감 때문에 혼자 괴로웠다는 10은 취직한 친구들이 있으면 은강 밖이라도 좋으니 함께 일 나갈 수 있도록 도와 달란다. 10에게 연락하자. 결혼 2주 만에 기계 사고로 우리 모두의 형부이기도 했던 남편을 잃은 11 언니가 정신을 차려 일어났다. 11 언니를 위로하자. 단짝 12와 13은 고향으로 돌아가 집안일을 돕고 있다. 13은 고향 교회 성가대의 지휘자가 되었다. ……너무 많은 친구 들이 흩어져 가 그 소식을 자세히 전할 수 없는 것이 안 타깝다. 일단 자리잡은 곳의 주소를 우리에게 알려주면

working at a hospital a month ago with the help of a doctor, a fellow Christian. Sister 7, who always sang to soothe us in our meetings, has found a job. Meanwhile, remember our little Sister 8, who got teary-eyed at last month's meeting when she read the bulletin published with the money we had pooled together? The good news is that her stepfather has stopped drinking and is now working at the port. Sister 9, who ran for the position of labor representative, quit her job at the supermarket. Sister 10, who felt guilty about being the only one to receive severance pay, sought help to find work outside Eungang. Let's contact her. Sister 11, who lost her husband—our brother-in-law—to an industrial accident only two weeks into their marriage, has regained her sense. Let's comfort her. Sisters 12 and 13, the best of friends, have gone back to their hometown and now help their families with domestic work. Sister 13 is now the choir conductor at her hometown's church. We regret that it is impossible to give more detailed news as so many of our friends have become separated. Don't forget to send us your new address once you have settled down. Let's keep in good health until we meet and work together again.

Special report: Young-hui is doing fine. We are delighted to bring you the news that we have all been waiting for about Young-hui. She is now working at a beach. Our re-

고맙겠다. 다시 만나 일할 수 있을 때까지 모두 건강하게 지내자. 집중 보도=영희는 잘 있다=우리 모두가 그렇게 알고 싶어 한 영희의 소식을 전할 수 있어 더없이 기쁘다. 영희는 늘 해수욕장에서 일하고 있다. 우리의 일꾼 영이가 어느 날 갑자기 자취를 감추었던 영희네 식구들을 찾아 나섰는데 영이는 아직도 은강에 사시는 우리 모두의 어머니 영희의 어머니를 찾아뵙고 영희의 소식도 들었다. 어머니를 뵙고 싶은 친구들은 우리를 찾아오든가 연락하라. 일을 나가는 친구들은 시간이 안 맞아 개인적으로 뵈오러 갈지도 몰라 미리 부탁하는데 어머니를 뵈올 때 절대 큰아드님 이야기는 하지 말자. 우리 모두가 잊을 수 없어 한다는 말씀도 드리지 말고 우리가 우리 모두의 큰오빠로 영희 큰오빠를 생각하며 선배를 위해 묵념한다는 말씀도 드리지 말자. 어머니를 뵈오러 가 어머니를 우시게 하는 친구들은 나쁜 친구들이다. 해수욕장이라 영희는 바쁘게 일하며 여름을 보냈다. 여름 동안 고용되었던 사람들은 여름이 지나자 대부분 돌아갔지만 해수욕장 사장님이 영희에게 계속 일해 달라고 부탁하셔서 가을과 겨울도 해수욕장에서 보

porter Young-ee went to find out the whereabouts of Young-hui's family after their sudden disappearance. She met her mother—our mother—in Eungang and obtained news about Young-hui. Anyone who wishes to see our mother can visit or contact us. If you have work, you may try to visit her on your own. If you do, we request you not mention her eldest son. Ever! Do not tell her that we shall always remember him, or that we observe moments of silence for him, Young-hui's eldest brother, and ours. You are bad friends if you visit her and make her weep. Young-hui was busy at the beach during summer. Most people who worked there over summer have left, but her boss asked her to stay through fall and winter. Let's think of our friend Young-hui, the lovely sister of our big brother. Let's pray that she weathers the lonely days of autumn and winter!

One day, midway through that bleak autumn, Young-hui wondered about the absence of seagulls. She went to wash her eyes in the pump in front of the empty sashimi restaurant. The chef was running toward the sea in swimming trunks. He leapt over the waves and waded into the water as the tide came and went.

"Now that's cool!" the photographer's voice came

내기로 했다. 선배의 예쁜 여동생 우리들의 친구 영희를 생각하자. 영희가 쓸쓸한 가을과 추운 겨울을 잘 날 수 있도록 빌어주자. 그 쓸쓸한 가을의 반을 보낸 영희는 오늘은 왜 갈매기 한 마리 날지 않을까 이상해하며 이미 철수해 버린 횟집 앞까지 가 펌프를 찧어 눈언저리를 씻었다. 주방장이 물가로 달려가는 것이 보였다. 수영복을 입고 나간 그는 파장 긴 물결이 모래에 닿았다 되물러서는 곳에서 몇 번 껑충껑충 뛰다가 물속으로 들어갔다.

"이히, 멋있다."

확성기에서 사진사의 목소리가 나왔다.

"더 멀리 나가, 더 멀리."

찬모의 웃음소리가 섞여 나왔다.

"그리고, 부탁인데, 돌아오지 마. 더 깊이 들어가 죽어버려."

영희가 한 번 더 펌프를 찧어 눈언저리를 씻고 《친구들 소식》을 접어 넣을 때 사진사와 찬모는 심부름하는 여자아이까지 끌고 나와 주방장이 찬 가을바다에 들어가 수영하는 것을 보았다. 그들은 횟집 앞 따뜻한 모래

over the loudspeaker.

"Go deeper, go!" the kitchen assistant said, laughing. "And do me a favor? Please don't come back. Go deeper and drown!"

Young-hui pumped the handle one more time and rinsed her eyes. She was folding the bulletin when the photographer and kitchen assistant brought the errand girl outside. Together, they watched the chef swim in the cold autumnal sea. Finding the scene hilarious, they laughed so hard they were nearly rolling around the warm sand in front of the restaurant. With the crowds gone, those left behind had begun to lose their minds. Young-hui went inside and put "Don't Let Anyone Cry for Me" on again after disconnecting the player from the loudspeaker.

"You gotta work hard this weekend," the manager said, entering the room with her boss. "The mountain is swarming."

"Why don't you clean up the bungalows?" her boss requested. "And buy enough firewood for campfires. Let's show them it's much nicer to build campfires on the open beach than on the wooded mountain."

But the weekend was still far away. The chauffer

에 앉아 배를 잡고 웃었다. 몰려왔던 사람들이 바다를 두고 가버리자 바다에 남은 사람들은 모두 이상해졌다. 안으로 들어간 영희는 밖으로 이어진 선을 뽑아놓고 〈아무도 나를 위해 울지 마라〉를 들었다.

"이번 주말은 바쁘게 뛰어야 돼."

주인과 함께 나갔다 온 지배인이 말했다.

"산은 만원 사례야."

"방갈로 청소를 깨끗이 해둬요."

주인이 말했다.

"그리고 불놀이용 나무도 넉넉하게 사들여요. 산에서 눈치보며 하는 불놀이보다 바닷가에서 마음놓고 하는 불놀이가 더 멋있다는 걸 알게 해야지."

그러나 주말이 되려면 아직도 멀었다. 주인과 지배인은 운전기사가 대놓은 배를 타고 나가 낚시질을 했다. 주인의 배는 물봉오리를 타고 높게 떴다 내려앉고는 했다. 남은 사람들도 해질녘에 작은 바다호수로 가 낚시질을 했다. 식사 당번인 찬모만 안 갔다.

"다들 돌아와요."

확성기에서 터져 나온 그 여자의 목소리가 호수까지

arranged a boat for the owner and manager to go fishing. The boat rose with each swell of the wave before going down again. Around sunset, the others—except for the kitchen assistant, who was tasked with dinner—went fishing in a small lagoon.

"Come back, everyone!" the loudspeaker carried the assistant's voice as far as the lagoon.

"Yes, I will, even if you don't want me," the chef said, throwing his fishing rod down on the boat's floor. Nobody caught anything, small or big. Even the owner and manager came back empty-handed. The men helped drag the boat in.

After dark, a bus arrived. The chef and photographer built a fire on the beach. The tourists alighted at a resort complex at the foot of the mountain and went round and round the fire until they were too drunk to dance. After the bus took them away, a taxi arrived, followed by another some time later. The errand girl prepared two bungalows and Young-hui handed three meal coupons to the kitchen assistant.

"Watch out," the assistant whispered in Young-hui's ear. "The chef and photographer are a little mad."

"What happened?"

들려왔다.

"안 불러도 간다!"

주방장이 낚싯대를 던져버렸다. 아무도 작은 고기 한 마리 낚지 못했다. 바다로 나갔던 주인과 지배인도 빈손으로 돌아왔다. 남자들이 주인의 배를 끌어올렸다. 어두워진 다음에야 버스가 한 대 들어왔다. 주방장과 사진사가 바닷가에 불을 피워 올렸다. 산 밑 관광단지에다 이미 숙소를 잡아놓고 온 관광객들은 술이 취해 춤출 수 없을 때까지 불을 따라 돌았다. 술꾼들을 실은 버스가 떠나자 두 대의 택시가 조금씩 사이를 두어 들어왔다. 여자아이가 방갈로의 문 두 개를 땄고 영희는 세 사람의 식권을 떼어 찬모에게 주었다.

"조심해."

찬모가 영희의 귀에 대고 말했다.

"주방장과 사진사가 살짝 돌았어."

"어떻게 됐다고요?"

"내다봐."

뒷문 쪽으로 가자 술을 마시는 두 사나이가 보였다. 그들은 비치파라솔과 텐트를 접어 넣어둔 두 번째 창고

"Look outside."

From the back door, Young-hui could see the two men drinking while they hid in the corner of the storage area where they kept the beach parasols and tents.

A man and a woman who were checked into a bungalow came back from a walk down the darkened beach. They said they enjoyed it because of the silence. There was sand on her tousled hair and clothes.

"It must have been the wind," the errand girl half-whispered with a smirk.

Then came the young man who was checked into the other bungalow. Young-hui got up in surprise as he approached her gingerly. "How are you?" he asked, barely opening his mouth.

Young-hui was silent as memories came flooding back. She heard somebody shout, "Take out this arrogant man," to which she answered, "Leave him alone!" The young man holding him loosened his grip and let go. Her mother, who had barely come to in the arms of Young-hui's second-eldest brother, turned around to look at him. The weeping young women made way for her, but the arrogant man remained still, looking up at the court

모퉁이에 숨어 앉아 술을 마셨다. 방갈로에 든 남자와 여자가 어두운 바닷가를 걷다 들어오며 참 조용해 좋다고 말했다. 여자의 헝클어진 머리와 옷에 모래가 묻어 있었다. 바람이 그랬겠지, 여자아이가 낮게 말하며 웃었다. 그때 두 번째 방갈로에 든 젊은이가 들어왔는데 그를 본 영희는 깜짝 놀라 일어섰고, 젊은이는 놀라 일어선 영희에게 주춤거리며 다가가 "잘, 있었어?" 힘들게 물었다. 영희는 아무 말 못 했다. "이 동정하는 자 좀 끌어내?" 누군가 외치는 소리를 영희는 들었다. "놔둬요!" 영희가 말했었고 그래서 그의 팔을 휘어잡았던 남자아이가 그를 놓아주었었고 작은오빠에게 안겨 겨우 정신을 차린 어머니가 그를 돌아보았었고 울음을 터뜨렸던 여자아이들까지 어머니에게서 비켜서며 길을 터줬었는데 정작 그는 법정 천장만 쳐다보고 있었고, 찬모와 여자아이가 음식을 날라다 놓을 때 밖으로 나간 영희는 수평선 위에서 가물거리는 오징어잡이배들의 불빛을 보았다. 식사를 끝내고 나온 남자와 여자가 그 불빛을 보고 감탄하며 저희 방갈로 쪽으로 걸어갔다. 영희는 주인의 낡은 차를 손질하고 있는 기사에게 가

ceiling.

The kitchen assistant and errand girl served the food while Young-hui stood outside, gazing at the flickering lights of squid boats on the horizon. When they were done with dinner, the couple came out and wondered at the lights before strolling toward their bungalow.

Young-hui went to the chauffeur, who was fixing the boss's old car. She sat there for a long time. He wasn't drinking. After tightening the screws, he wiped his tools with an oily towel. He worked like her father, and she touched his monkey spanner and wrench, imagining they were her father's.

"Who's that guy?" the chauffeur asked. "Your boyfriend?"

"No."

When she was done with her work, she went to see the young man, who was sitting on a chair in front of the bungalow.

"I went to see your mother," he said. "As I turned to go, she said, 'Gyeong-woo, please don't go see my children or come visit me again. I have nothing more to say. Let the dead be.'"

"So?"

"I think your mother is right; let's let the dead be.

한참 앉아 있었다. 기사는 술을 마시지 않았다. 나사들을 죄고 난 그는 기름걸레로 그의 공구들을 닦았다. 그는 아버지처럼 일했다. 멍키스패너와 렌치가 꼭 아버지가 쓰던 것들 같아 그것들을 만져보았다.

"누구냐?"

기사가 물었다.

"남자친구냐?"

"아네요."

영희가 말했다.

영희는 그날 일을 끝내놓고 방갈로 앞 의자에 나와 앉아 있는 젊은이에게 갔다.

"어머니를 찾아갔었어."

그가 말했다.

"내게 인사를 드리고 나올 때 어머니가 말씀하셨어— 경우 학생, 우리 애들을 만나지 말아요, 나한테도 오지 말구, 만나야 할 이야기도 없어, 죽은 사람들 이야기는 이제 할 필요도 없다우."

"그런데요."

"어머니 말씀이 옳아. 죽은 사람들 이야기는 할 필요

24

I'm here to talk about the living."

It was a strange day. First the news about her friends, then memories of her family. The birds gone from the sky. The lagoon, which usually teemed with fish, yielding nothing. A man from an entirely different world coming to talk about the living. And now, the squid boats, which were not due back until dawn, were heading toward shore, although there was no sign of wind or a storm at sea. Later, the fishermen would say they felt their boats being lifted toward the dark sky. "We were lucky to make it back. The tide was high."

"I thought about a deserted island on my way here," Gyeong-woo said.

But she didn't hear him because she was curious about why the squid boats had turned their lights off and were heading back to shore. "Excuse me?"

"A deserted island," Gyeong-woo said. "You know, an island uninhabited by anyone."

"I know."

"I couldn't stop thinking about it on the way here. I'd love to go to such an island."

She looked at him, smiling. She thought he was out of his mind, too.

"Actually, I'm not the first to think about it. Look

가 없지. 나는 산 사람들 이야기를 하러 왔어."

　이상한 날이었다. 갑자기 많은 친구들의 소식을 들었다. 식구들 생각을 유난히 많이 했다. 물새 한 마리 못 보았다. 작은 호수에서 잘 잡히던 고기도 안 잡혔다. 전혀 다른 세상에 사는 사람이 산 사람들 이야기를 하겠다고 찾아왔다. 그리고, 새벽에 돌아와야 할 오징어잡이배들이 풍랑도 없는 바다에서 뱃머리를 돌려 들어오고 있었다. 나중에 들은 이야기다. 오징어잡이를 나갔던 사람들은 그들이 탄 작은 배가 자꾸 어두운 밤하늘로 떠오르는 착각을 느꼈다고 말했다.

　"일찍 잘 돌아왔지."

　그들은 말했다.

　"물이 불었던 거야."

　"오는 동안 무인도 생각을 했어."

　경우가 말했다. 그러나 오징어잡이배들이 갑자기 불을 끄고 돌아오는 것을 보고 그 이유를 알고 싶어 할 때 말했기 때문에 영희는 그의 말을 알아들을 수 없었다.

　"뭐라고 했죠?"

　"무인도."

at this." He showed her a news clipping.

Young People to Sail to Uninhabited Island

Twelve young people with no experience in sailing say they plan to settle an uninhabited island in the South Pacific, where they will build a new utopia. These Canadians from Montreal plan to set sail soon in a 12-meter-long boat they have built themselves, and travel through Guatemala in South America. They—technicians, secretaries, nurses, interpreters, housewives, and a 13-year-old boy—will set sail in less than two weeks, carrying three years' worth of food and 200 liters of water. They will join twenty-five others who are already in Guatemala learning the skills necessary to survive on an uninhabited island, and all of them will head to the South Pacific via the Panama Canal. However, their final destination remains unknown. Daniel Kemp, the leader of the group, says, "We want to go somewhere we won't bother anyone and nobody will bother us." Arguing that the motive for seeking a new utopia lies not in religious philosophy but human relations, he continues, "We are just a group of friends who wish to live together and elevate human values higher than anywhere else in the world."

When Young-hui finished reading the clipping,

경우가 말했다.

"사람이 살고 있지 않은 섬 말야."

"알아요."

"오면서 내내 무인도 생각을 했는데, 무인도로 가는 게 좋겠어."

경우를 쳐다보았다. 그가 웃고 있었다. 이 사람도 정상이 아니구나, 영희는 생각했다.

"사실은 내가 생각한 게 아냐."

경우가 말했다.

"이걸 봐."

그가 신문 조각을 내밀었다. 무인도로 갈 젊은이들=항해 경험이 전혀 없는 캐나다 몬트리올의 청년 열두 명은 그들이 직접 만든 길이 십이 미터의 범선을 타고 곧 고국을 떠나 남아메리카의 과테말라를 거쳐 남태평양의 한 무인도로 가 정착, 새로운 이상향을 건설할 계획이라고 한다. 기술자·비서·간호원·통역관·주부 및 열세 살 난 소년 등 열두 명은 삼 년분의 식량과 이백이십 리터의 음료수를 신고 이 주 이내에 출범, 과테말라에서 무인도 생활에 필요한 생존 기술을 익힌 다른 스

she handed it back to Gyeong-woo.

"I didn't come up with it on my own," he said. "Many people influence me, but no one has ever inspired me. I wish I had gotten to know Kemp earlier. He would have accepted me as a friend. It's just like him. But he and I are very different, and we have different friends. Anyway, they won't suffer much, even if they fail."

"I have no idea what you are talking about."

"The beginning was just bad," he said. "I came here to ask you to work with me."

"What kind of work?"

"We have to decide before anything. First, let's think about what we can do. You'll know if you come to my place, but I have so many good friends."

"I am different from them," she said. "Just take them to your uninhabited island."

"That isn't what I meant. A deserted island is just an example. I read the news article on the way here. Various things about their country have driven them to search for a faraway island. That's all very well, but I am not going to an uninhabited island. I have other things to do."

"Is it because of your inheritance from your fa-

물다섯 명과 합류, 파나마 운하를 거쳐 남태평양으로 갈 예정인데 목적지는 밝히지 않았다. 이들 그룹의 대장인 다니엘 켐프는 〈우리가 어느 누구도 괴롭히지 않고 아무도 우리를 괴롭히지 않을 곳으로 가려고 한다〉면서 새 이상향을 찾게 된 동기는 종교적 철학이 아닌 인간관계에 있으며 〈우리는 세계 어느 곳에서보다도 인간의 가치를 높여 함께 살자는 친구 집단일 뿐〉이라고 설명했다. 다 읽고 경우에게 주었다.

"내가 스스로 생각해 내는 건 하나도 없어."

경우가 말했다.

"많은 사람들이 나에게 영향을 줘. 그렇지만 아무에게서나 감동을 받지는 않아. 켐프를 진작 알았으면 좋았을 거야. 그라면 친구로 받아주었겠지. 그래야 켐프지. 그렇지만 켐프와 나는 다른 게 많아. 친구들도 달라. 그들은 실패해도 큰 상처를 입지 않아."

"도대체 무슨 말을 하는 건지 모르겠어요."

"시작이 나빴어."

경우가 말했다.

"함께 일하자고 온 거야."

ther?" she asked. "Are you afraid it's too much?"
She saw him blush, but he was silent. "I'm sorry. My
mother said 'sorry' was all we could say."

"That's not what I am trying to say."

"If your inheritance is too much, you can donate
it to public charity groups."

"Then who will manage and spend it? Young
people? If young people can do it, I would love to.
I really can't stand what old people are doing. I'm
not trying to find fault with their plans. It's ridicu-
lous to comment on that anyway because they
never carry them out. Have you ever heard old
people admit their faults without trying to oppress
others or shift blame? How about in the factory?
Have you noticed how old people always use a lot
of enemies as their excuse?"

She thought of her eldest brother. She gazed at
the inky sea, calming her pounding heart. "For
what?"

"Excuse me?"

"No, nothing."

"Did you say 'For what'?"

"Yes. What are you doing this for?"

"Do you mean *why* am I doing this?"

"We have to work for our barest needs, so it's

"무슨 일을요?"

"바로 그 일부터 시작해야 돼. 무슨 일을 하는 것이 좋을까 함께 생각해야지. 우리 집에 와보면 알겠지만 좋은 친구들이 많아."

"전 그들과 달라요."

영희가 말했다.

"그들이나 데리고 무인도로 가세요."

"내가 말을 잘못했어. 무인도는 하나의 예에 지나지 않아. 이 신문은 이곳에 오면서 사 본 거야. 그들이 사는 곳의 여러 가지가 그들로 하여금 먼 곳의 섬을 보게 했어. 그건 근사한 일야. 나는 무인도에 안 가. 나는 다른 일을 해야 돼."

"아버지가 남긴 유산 때문에 그러나요?"

영희가 물었다.

"너무 많아 겁이 나나요?"

경우가 얼굴을 붉히는 것을 영희는 보았다. 그는 아무 말 안 했다.

"죄송합니다."

영희가 말했다.

hard to understand those who don't have to."

Young-hui regretted her words as she walked toward her room to sleep. Her mother cried once, saying their children became orphans while she lost her eldest child.

The wind blew from the sea. The lights of the squid boats had vanished completely. The errand girl was standing in front of the restaurant. As Young-hui approached, she threw her arms around her neck, reeking of alcohol.

"It's disgusting to see you," the errand girl said. She fell down on the sand. The chef, who was seated nearby, lay down and held her in his arms. The chauffeur, who had brought the photographer inside on his back, pried them apart and pushed them aside. "You're supposed to work your ass off like a slave, not cause trouble," he said.

The wind grew stronger and it began to rain. The restaurant owner and the manager went to sleep. Young-hui and the kitchen assistant brought the dishes in from outside. Young-hui changed her clothes and prayed for sun the next day. Indeed, the sun shone down from a cloudless sky the next morning.

But before that, the waves made a frightening

"저희 어머니도 우리가 할 수 있는 말은 죄송하다는 말밖에 없다고 그러셨어요."

"그런 이야기가 아냐."

"물려받은 게 지나치게 많다면 공공단체에 희사하세요."

"그러면 그걸 누가 관리하고 집행하는데? 아이들이 할까? 아이들이 한다면 나도 좋아. 어른들이 하는 일은 정말 참고 볼 수가 없어. 계획을 문제 삼지는 않겠어. 계획의 끝까지 가본 적이 없기 때문에 어른들의 계획이 어떻다고 이야기하는 건 우스워. 어른들이 밑의 사람들을 억눌러놓지 않고, 또 남이나 무엇에 책임을 전가하지 않고 자기 잘못을 인정하는 것을 본 적이 있니? 공장에서는 어땠어? 어디서나 어른들은 핑계 댈 많은 적을 갖고 있지 않디?"

큰오빠의 다른 모습이 떠올랐다. 영희는 뛰는 가슴을 누르며 어두운 바다를 내다보았다.

"무엇을 위해서?"

"뭐?"

"아무것도 아네요."

racket during the night. Young-hui woke up to the sound of the restaurant door breaking open. The power was out. She shook the kitchen assistant awake and turned on a flashlight. When Young-hui opened the door, she found the hall knee-deep in water. Shining the flashlight on the rising water, she ran out to the bungalows. The rain and wind were so strong she could not see clearly in front of her. Her eldest brother had told her their father must have thought of her as he fell from the chimney, and he must have recalled her face while he was dragged to a cotton depot and set down there, practically unconscious.

She passed the couple's bungalow and was hammering on Gycong-woo's door when a huge wave swept in, pushed against the wall and door, then swept out again. The wave caught Young-hui, but she managed to get up. She banged against the door, screaming. Her voice woke him up. He put on some clothes and came out. She held him tightly in her arms when she saw the wave barreling toward them once more. They were borne up on the wave, then dropped again. He was slower and weaker than her. She dragged him by the hand and knocked on the door of the couple's bungalow.

"무엇을?"

"그래요, 무엇 때문에 그러는 거예요?"

"나 말야?"

"우리는 살아가는 데 극히 필요한 것을 얻기 위해 일해요. 그래서 그렇지 않은 사람을 이해하려면 힘이 들어요."

잠자러 가면서 이 말은 괜히 했다고 후회했다. 어머니는 그 집 아이들은 고아가 되었고 우리는 큰아들을 잃었다면서 울었었다. 바람이 바다에서 불어왔다. 오징어잡이배들의 불빛은 이제 보이지 않았다. 여자아이가 어두운 횟집 앞에 서 있었다. 가까이 가자 목을 끌어안았다. 여자아이는 술냄새를 풍기면서 너를 보면 구역질이 나 하고는 모래 위에 쓰러졌다. 그 옆에 앉아 있던 주방장이 여자아이를 안으며 누웠다. 사진사를 업어다 놓고 나온 운전기사가 둘을 떼어 밀어버렸다. 그저 노예처럼 계속 힘든 일을 해야만 사고를 안 치지, 기사가 말했다. 바람이 세지면서 비가 내리기 시작했다. 주인과 지배인은 이미 잠이 들었다. 영희와 찬모가 비설거지를 했다. 영희는 젖은 옷을 갈아입으며 내일은 햇빛 쨍쨍 나거라

Gyeong-woo shouted that they should get out as soon as possible if they wanted to live, but they didn't come out. The water was waist-level now. The chauffeur waded toward them. He heaved himself onto their shoulders above the water and kicked in the door, allowing the wave to sweep through. The driver was dragged inside with the force of the wave, only to re-emerge with the woman in tow. Young-hui grabbed the woman's left arm and Gyeong-woo took her right. Then the chauffeur brought the man out, carrying him on his back as he struggled against the waves. Young-hui and Gyoeng-woo barely made it a few steps from the bungalow before the driver turned back and unburdened them of the woman. They followed him to the office, where the owner was smoking on a chair atop the desk. The chauffeur quickly carried the woman to the second floor. As the manager came down, he announced that the man was dead.

The chef and the photographer, whom the chauffeur had also carried twice each on his back, were sitting beneath the stairs, still looking drunk. The errand girl was weeping upstairs. "Let's go upstairs," the manager suggested. The rising water

빌었다. 그대로 구름 한 점 없는 하늘에서 따가운 햇볕이 내렸다. 그 전에 바다의 표면 물결이 무섭게 불었다. 영희는 식당 문이 부서지는 소리를 듣고 눈을 떴다. 이미 해수욕장으로 이어진 전깃줄이 끊어져 불이 들어오지 않았다. 찬모를 흔들어 깨우면서 손전등을 찾아 켰다. 방문을 열자 식당 홀까지 들어온 바닷물이 보였다. 물이 무릎에 찼다. 밖으로 나간 영희는 쳐들어오는 바닷물에 손전등을 휘저어 보며 방갈로 쪽으로 뛰어갔다. 비바람이 세차 앞이 잘 안 보였다. 아버지는 굴뚝 위에서 떨어지는 순간에도 너를 생각하셨을 거야. 큰오빠가 말했었고, 원면 창고로 끌려가 몰매를 맞고 이제 죽는구나 의식을 잃어 가는데 네 얼굴이 떠올랐다고 또 큰오빠가 말했었다. 영희는 남자와 여자가 든 방갈로 앞을 그냥 지나쳐갔다. 경우가 잠자는 방갈로의 문을 무섭게 두드릴 때 큰 덩어리 물결이 몰려와 벽과 문을 밀어보고 나갔다. 그 물결에 휩싸였다. 일어난 영희가 다시 문을 두드리며 소리쳤고, 그 소리에 깨 일어난 경우는 옷을 찾아 입은 다음에야 문을 열고 나왔다. 나갔던 물이 더 무서운 기세로 들어오는 것을 본 영희가 경우

surged past the owner's desk and out the window.
Lighting the way with a lamp, Young-hui pushed
Gyeong-woo. Everyone headed upstairs. She
placed the lamp beside the woman. Gazing at the
young woman, the kitchen assistant pulled her
raised skirt down and placed the lamp beside her.
Gyeong-woo said the woman would die too unless
they did something. Then the biggest wave of the
night hit the office, smashing two windows before
gushing down the stairs. The woman moaned and
clutched her chest. Gyeong-woo held her hand.
The woman seemed unable to breathe, and
squeezed his hand and quivered before falling si-
lent. The chauffeur and manager moved her beside
the man. The back of Gyeong-woo's hand was
bleeding.

Young-hui's prayer was answered. The next day
was painfully sunny. The water was receding when
the chef came to. He dragged the tourist company's
desks from the shed where they'd been stored
even before the end of summer and chopped them
into firewood. Young-hui fell asleep leaning on the
kitchen assistant, as they sat beside the fire. When
she woke up, no one was on the second floor ex-
cept for the dead couple. She ran outside, her face

를 거머안았다. 물은 두 사람의 몸을 붕 띄웠다 내려놓
았다. 경우는 영희보다도 약하고 느렸다. 영희는 경우
의 손을 잡아끌고 가 남자와 여자가 든 방갈로의 문을
두드렸다. 경우가 함께 두드리며 살고 싶으면 빨리 일
어나라고 소리쳤지만 그들은 일어나지 않았다. 물이 허
리까지 차왔다. 주인의 운전기사가 물을 헤치며 왔다.
그는 영희와 경우의 어깨를 짚고 물 위로 뛰어올라 문
을 걷어찼다. 조금 열려진 문을 파도가 밀어버렸다. 물
과 함께 들어간 기사가 여자를 끌어냈다. 영희가 여자
의 왼쪽 팔을 끼어 안고 경우는 오른팔을 안았다. 남자
를 끌어내 들쳐업은 기사는 이미 거푸 쳐오는 파도 속
으로 뛰어들어 멀어져 갔는데 영희와 경우는 방갈로 앞
에서 불과 몇 걸음밖에 옮겨지지 못했다. 기사가 다시
와 여자를 받아 안았다. 그를 따라가 사무실 건물로 들
어갔다. 주인이 책상 위에 올려놓은 의자에 앉아 담배
를 피우고 있었다. 기사는 여자를 안은 채 곧바로 이 층
으로 올라갔다. 지배인이 내려오며 남자는 죽었다고 말
했다. 두 번씩이나 기사의 등에 업혀 다닌 주방장과 사
진사는 층계참 바로 아래 층계에 아직도 술이 덜 깬 얼

40

ashen, and the chauffeur said that what was frightening was death, not the dead. Her eye fell on the tall pump, which stood alone on the beach. The restaurant was gone. The loudspeaker was mute. Only a few bungalows remained standing, the others buried in sand. The two lagoons were gone, too. The sea was quieter than ever. Those who had been watching the silent sea from the roof hurried down to the sand and furiously got to work. The chef and the photographer carried out the dead man and woman whose decision to take drugs on the darkened beach the night before, it turned out, had ultimately led to their demise. The horrible sight sent shivers up Young-hui's spine.

"Let's go," Gyeong-woo said.

"I want to go to Eungang," she replied, barely able to hold back her tears. "I want to take a rest beside my mother. I'll never work again. I'm sick and tired."

"Yes!," Gyeong-woo said, "Let's say 'We're sick and tired' when we see old people."

Young-hui held his frail hand as his huge eyes welled with tears.

Translated by Sohn Suk-joo

굴로 앉아 있었다. 여자아이는 이 층에서 울었다. 이 층
으로 올라가시죠, 지배인이 말했다. 쳐들어온 물이 주
인의 의자 밑 책상을 넘어 창문으로 빠져나갔다. 영희
가 경우의 등을 밀었다. 모두 이 층으로 올라갔다. 영희
는 아래층에서 옮겨온 남포를 여자 옆에 놓아주었다.
젊은 여자를 들여다보고 있던 찬모가 올라간 치마를 내
려주며 남포를 밀었다. 이대로 놔두면 저 여자도 죽는
다고 경우가 말했다. 그때 그날 밤 들어온 것 가운데서
가장 큰 덩어리 물결이 사무실 건물을 쳐왔다. 창문 두
개를 밀어버리고 들어온 물이 층계를 따라 내려갔다.
여자가 신음 소리를 내며 가슴을 뜯었다. 경우가 여자
의 손을 잡았다. 여자가 아파 못 견뎌할 때 경우는 여자
의 손 하나를 잡았다. 여자는 큰 숨을 흐으흐으 들이마
시며 다른 한 손으로 다른 손을 잡은 경우의 손을 잡고
부르르 떨더니 조용해졌다. 기사와 지배인이 여자를 남
자 옆으로 옮겨갔다. 경우의 손등에서 피가 흘렀다. 영
희가 내일은 햇빛 쨍쨍 나거라 한 그대로 다음 날 햇볕
은 아주 따가웠다. 물이 빠지기 시작할 때쯤 정신을 차
린 주방장이 여름이 끝나기도 전에 철수해 간 관광회사

사람들의 책상을 부수어 불을 붙였고, 영희는 불 옆에 앉은 찬모에게 기대앉아 있다 잠이 들었는데, 눈을 떴을 때 이 층에는 죽은 남자와 여자밖에 없었다. 파랗게 질린 얼굴로 나가자 무서운 것은 죽음이지 죽은 사람은 아니라고 기사가 말했다. 영희의 눈에 제일 먼저 들어온 것은 바닷가에 높이 솟아 있는 외로운 펌프였다. 횟집은 보이지 않았다. 확성기도 보이지 않았다. 방갈로도 몇 채밖에 안 남았다. 남은 것은 모래에 묻혔다. 두 개의 호수도 없어졌다. 영희가 그날 아침에 본 바다는 그렇게 잔잔할 수가 없었다. 식당 지붕 위에 올라가 그렇게 잔잔할 수 없는 바다를 내다보고 앉아 있던 사람들이 갑자기 생각났다는 듯 모래를 타고 내려와 일을 하기 시작했다. 그들을 보는 순간 소름이 끼쳤다. 영희는 몸을 떨었다. 주방장과 사진사가 깜깜한 바닷가에서 약을 먹고 죽은 남자와 여자를 끌어냈다.

"가자."

경우가 말했다.

"은강으로 갈래요."

영희가 말했다.

영희는 울음이 나오려는 것을 억지로 참으며 말했다.

"어머니 옆에 가서 쉴래요. 앞으론 정말 아무 일 안 하겠어요. 지긋지긋해요."

"그러자!"

경우가 말했다.

"어른들을 만나면 지긋지긋하다고 말하자."

그의 큰 눈에 물기가 내밴 것을 영희는 보았다. 약해 보이는 대장의 손을 영희가 잡았다.

『시간여행』, 문학과지성사, 1983

해설

Afterword

애도와 희망

: 조세희의「모독」읽기

우찬제 (문학평론가)

조세희의『난장이가 쏘아올린 작은 공』연작은 한국
에서 본격적으로 산업화가 진행되었던 1970년대의 대
표적인 소외된 신화이다. 이 소설에서 '난장이'는 신체
적으로 작은 인간일 뿐만 아니라 경제적으로 매우 가난
한 존재였다. 그런 난장이 가족의 비극적 삶과 죽음과
관련한 이야기에서 작가는 경제적 평등을 통한 인간의
가치 회복의 가능성을 모색하고자 한 것으로 보인다.
매우 비극적인 처지에서도 희망의 끈을 놓치지 않으려
했지만, 그리고 그 희망을 위한 다각적인 모색과 실천
을 시도했지만, 끝내 자살하거나 사형당하고 마는 비극
적 결구로 마감된다. 이런 난장이 신화의 비극성은 타

Mourning and Hope

: Reading Cho Se-hui's "Insult"

Wu Chan-je (literary critic)

Cho Se-hui's *The Dwarf* is one of Korean literature's most representative alienation myths. It is set in the 1970s in Korea, a period of full-blown industrialization. Along with being physically small, the dwarf in this book is also extremely poor. Cho tries to explore ways to recover humane values embodying economic equality through a series of connected short stories dealing with the tragic life and death of the dwarf's family members.

Although they struggle not to let go of hope, even in the direst hours, and they explore possibilities for realizing hope, they end up experiencing tragedy, with family members committing suicide or being

락한 세계와 자아 사이의 확연한 단절과 거리를 인식함에도 불구하고 이를 거부하려는 몸부림에서 비롯하는 것이다. 현실주의적 전망이 닫혀 있는 시대에 신화적 전망을 찾아 고통스럽게, 그러나 사랑 속에서 변혁의 전망을 추구하고자 한 연작이 바로『난장이가 쏘아올린 작은 공』이다.『난장이가 쏘아올린 작은 공』을 하나의 완결된 형식으로 끝마쳤음에도, 조세희는 한동안 난장이 이야기에서 벗어나지 못한다. 거기서 벗어나고 싶은 욕망과 계속되는 난장이성의 현실 속에서 더 이야기해야 할 것 같은 반대 욕망의 틈 속에서 작가는 몸부림친다. 그 몸부림은 사랑과 희망을 위한 전향적인 기투였다. 난장이를 그의 소망대로 달나라로 우주여행을 시키지 못하고 죽인(?) 도덕적 죄의식을 절감하기도 하면서, 작가는 짧은 단편으로 난장이 후일담을 전개한다.「모독」도 그중 한 편이다.

『난장이가 쏘아올린 작은 공』에서 난장이의 딸 영희가 초점인물로 등장한다. 난장이와 그의 큰아들이 죽은 다음 난장이 가족과 그들과 함께 일하던 공장 동료들은 뿔뿔이 흩어진 상태이다. 영희는 해수욕장 방갈로가 딸린 횟집에서 쓸쓸히 일하면서 '아무도 나를 위해 울지

executed. This mythical tragedy of the family origi-
nates in their will to defy the apparently unbridge-
able gap between themselves and the corrupt
world in which they live. In *The Dwarf* the author
painfully but lovingly explores possibilities for
change through a mythical path, since realistic op-
tions appear to be blocked.

After finishing this book, Cho Se-hui seems un-
able to leave the dwarf narrative for a while. Cho
struggles with his desire to leave behind that world
and his opposing desire to keep exploring it—be-
cause the reality has not changed. His struggle was
his "project" for love and hope in an Heideggerian
sense. Struggling with his sense of guilt for failing
to send the dwarf to the moon, as the dwarf had
wanted, and instead leaving him alone to die, Cho
continued to write about the surviving family's life
and death. "Insult" is one of these stories.

Young-hui, the daughter of the dwarf in *The
Dwarf*, is the protagonist of this short story "Insult."
After the death of the dwarf and his eldest son, his
family and factory colleagues have all dispersed.
Young-hui works at a sashimi restaurant in a de-
solate beach town, listening to the song "Don't Let
Anyone Cry for Me" and reading a newsletter that

마라'는 노래를 듣는다. 거기서 영희는 옛 동료들이 제작한 소식지를 받아 읽는다. 옛 동료들의 사연은 제각각이지만, 여전히 그들이 함께 꿈꾸었던 소망스런 삶과는 거리가 있다. 아무도 가난한 그들을 위해 울어 주지 않기 때문이다. 영희에게 경우가 찾아든다. 그는 무인도로 가는 게 좋겠다는 생각을 말한다. 신문에서 그는 남태평양 한 무인도에 이상향을 건설하려는 계획을 가진 젊은이들의 이야기를 읽었다. 그들은 "우리가 어느 누구도 괴롭히지 않고 아무도 우리를 괴롭히지 않을 곳으로 가려고 한다"는 것이다. "우리는 세계 어느 곳에서보다도 인간의 가치를 높여 함께 살자는 친구 집단일 뿐"이라고 말하는 그들이 그런 이상향을 동경하게 된 동기는 인간관계에 있었다. 경우가 거기에 동참하고 싶었던 것은 어른들에 대한 실망 때문이다. "어른들이 하는 일은 정말 참고 볼 수가 없어" 라고 말하는 그가 보기에 어른들은 계획에서 실행에 이르기까지 기대할 게 전무하다. 능력도 그렇지만 윤리적으로도 그렇다. "어른들이 밑의 사람들을 억눌러놓지 않고, 또 남이나 무엇에 책임을 전가하지 않고 자기 잘못을 인정하는 것을 본 적이 있니?" 그날 밤 숙소에 엄청난 해일이 덮쳐 영

her former colleagues produce and send out. These former colleagues live in various situations, but all are far from having the lives they dreamt of. No one cries for them either, as destitute people.

Gyeong-woo visits Young-hui and asks her to go to an uninhabited island in the South Pacific with him, saying that he has read about young people who are sailing there to build a new utopia. They are saying, "We want to go somewhere we won't bother anyone and nobody will bother us." and "We are just a group of friends who wish to live together and elevate human values higher than anywhere else in the world."

They came up with the idea as a way to realize their ideal for human relationships. Gyeong-woo wants to join them because he is disappointed with the older generation, as indicated in his remark: "I really can't stand what old people are doing." He does not expect anything positive from them, practically or ethically. He says: "Have you ever heard old people admit their faults without trying to oppress others or shift blame?"

The night of their meeting Young-hui and Gyeong-woo have a difficult time in an enormous-ly high tide, which leaves dead bodies. The two

희와 경우는 고난을 겪는다. 실제로 거친 해일이 할퀴고 간 자리에는 사망자도 생겨났을 정도였다. 이 재해 앞에서 철저하게 모독당한 두 젊은이는 다시 절망한다. "어른들을 만나면 지긋지긋하다고 말하자."

『난장이가 쏘아올린 작은 공』연작 중「궤도 회전」에서 여고생인 경애는 대기업 회장인 자기 할아버지의 묘비명을 이렇게 썼다. "화를 쉽게 냈던 무서운 욕심쟁이가 여기 잠들어 있다. 돈과 권력에 대한 욕심 때문에 그는 죽었다. 평생을 통해 친구 한 사람을 갖지 못했던 어른이다. 자신은 우리 경제 발전을 위해 큰 업적을 남겼다고 자랑하고는 했으나 국민 생활의 내실화에 기여한 것은 하나도 없다. 그가 죽었을 때 아무도 울지 않았다." 경애의 할아버지는 지긋지긋한 어른의 대표적 인물이었다. 그런 어른의 세계를 비판하면서 고등학생들이 떠올린 과제는 "사랑·존경·윤리·자유·정의·이상과 같은 것들"과 관련된 것들이었다. 이 과제들을 구체적으로 실현하기 위해「모독」에서는 이상향을 찾아 나서려는 젊은이들이 이야기를 제시한 것이다.

　요컨대「모독」은 타락한 어른의 세계를 애도하고 새로운 세대의 희망의 가능성을 탐문한 작품이다. ⅰ) 어

youths despair again, after being insulted during the disaster, saying: "Let's say 'We're sick and tired' when we see old people."

Similarly, Kyŏng-ae, a high-school student in the story "Orbit Rotation" in *The Dwarf*, wrote as her extremely wealthy grandfather's epitaph: "Here sleeps a terrible miser who was easily angered. He died because of his lust for money and power. He was a man who lived his entire life without a single friend. Although he praised himself for great achievements in developing our nation's economy, he made not one substantial contribution to the life of our people. Not a single person wept when he died."[1]

Kyŏng-ae's grandfather would be one of the old people whom Young-hui and Gyeong-woo are "sick and tired" of. Instead, high-school students think about "such things as love, respect, ethics, freedom, justice, and ideals."[2] The young people in "Insult" have joined the search for a utopia where they can build a community based on such values.

"Insult" is a work that mourns the corrupt world of older people and explores the possibility of hope felt by a younger generation. The logic of the narrative goes like this: Old people's world is cor-

른들의 세계(기성세계)는 타락했다. ⅱ) 영희와 그 친구들 소식에서 알 수 있는 안타까운 사연들이 그 구체적인 예증들이다. ⅲ) 어른들이 하는 일은 무서운 죽음을 몰고 오는 거친 해일로 비유될 수 있다. ⅳ) 그래서 젊은이들은 무인도에 가서 새로운 이상향을 만들고자 한다. ⅴ) 그 이상향에서 타락한 인간관계를 해소하고 "사랑·존경·윤리·자유·정의·이상과 같은" 과제들을 실천하고자 젊은이들은 노력한다. ⅵ) 그것은 난장이를 애도하는 진정한 모습의 일환이며, 그것을 통해 세상의 비극적 문제들을 해결할 수 있을 것으로 새로운 세대들은 기대한다. ⅶ) 실패한 어른의 세계와는 달리 새로운 세대들이 만들 세계는 희망적이기를 작가는 간절히 소망한다.

rupt. Young-hui's life and her former colleagues' lives, as depicted in their news, are concrete examples of this corruption. Old people's work is likened to an enormously destructive tide. This destruction justifies why young people want to escape and build a utopia. Young people will try to overcome corrupt human relations in that new society and put into practice "such things as love, respect, ethics, freedom, justice, and ideals." This is the true way to mourn the dwarf. The young people expect that this effort will solve tragic problems in this world. And, finally, the author hopes this new world, built by a younger generation, will succeed, unlike the failed world created by a past generation.

1) Cho Se-hui, *The Dwarf*, tr. Bruce and Ju-Chan Fulton (Honolulu: U of Hawaii Press, 2006), 115-116.
2) Op. cit. 116.

비평의 목소리

Critical Acclaim

과학적 법칙이 세계의 근본에 있고, 그것이 역사의 법칙이라고 하여도 그것은 윤리적 사회, 참으로 인간적인 사회를 보장하지 못한다. 물론 보편 윤리는 사회의 구성요건이라고 할 수 있다. 그것 없는 사회는 끊임없는 부정적인 요인들의 분출에 시달리게 마련이다. 그러나 그것은 역사의 힘이 아닌 인간 내면의 힘이다. 이것을 현실 속의 실천이 되게 하는 것이 문제이다. 이것은 현실의 힘을 포착하지 못하는 관념주의일 수 있다. 그러나 이것이 오늘의 시점에서 유일한 현실주의인지도 모른다. 완전한 역사의 변증법이나, 현실 속에 움직이는 보편적 이성은 이상에 불과한 것처럼 보이는 것이 오늘

While scientific laws primarily govern our world and our history, they can't guarantee an ethical, truly humane society. And there is no doubt that universal ethics is an important component of a society. Without it, society is bound to suffer from the eruption of negative elements. Ethics, however, is a component of the human mind rather than human history. What matters is how to turn it into a practical reality; otherwise it has the potential to remain on the plane of idealism, unrelated to real change. But idealism might actually be the only realism today. It seems that perfect historical dialecticism or universal reason is a mere ideal in today's

의 상황이다. 『난쏘공』은 근대화의 인간적 고통을 가장 넓게 기록·비판한 작품이다. 그러면서 물질적 생활의 빈곤의 극복, 그리고 풍요의 저쪽에 있는 인간성의 요구를 시사한다. 이 요구는 혁명의 동력이 사라진 시대에 있어서 사람다운 삶의 확보를 위한 노력이 의지해야 하는 유일한 근거라고 할 수도 있다.

김우창, 「역사와 인간 이성」

이 짤막한, 그러나 압축된 이야기에서 우리는 자신의 작품에 대한 조세희의 생각 전반을 짐작할 수 있다. 그는 ⅰ) 난장이 이야기로부터 해방되고 싶어한다. ⅱ) 그러나 그 『난장이』 연작에는 여전히, 충분히 말하지 못한, 아니 조금밖에 말하지 못한 아쉬움이 있다. ⅲ) 거듭 확인하지만, 그것은 사랑과 희망을 위해서 씌어진 것이다. 그리고 ⅳ) 난장이 이야기는 내가 말을 마쳤다 하더라도 여전히 현존하고 있다는 것을 무의식적인 표현을 통해 암시하고 있는 것이다. 결국 작가는 소품식으로, 난장이의 주제를 단편화시켜 가면서 그 후일담을 엮어 나간 것은 그 주제의 여전한 현존 앞에서, 그럼에도 거기에 지쳤음과 미진함의 갈등의 소산으로 볼 수밖

world.

The Dwarf records and critiques human sufferings stemming from modernization. The book demands that humanity go beyond the overcoming of poverty and abundance. It argues that this transcending might be the only ground that our effort to secure a humane world can depend on in an age when a revolutionary impetus has disappeared.

Kim U-chang, *History and Human Reason*

In this short, condensed story, we can extract several conclusions about Cho Se-hui's overall view of his work. First, he wants to be released from his own dwarf stories. Second, he nevertheless feels that he didn't say enough—in fact, he said only a little—about the dwarf in *The Dwarf*. Third, he wrote *The Dwarf* to express the sentiments of love and hope. Fourth, he suggests instinctively in "Insult" that the story of the dwarf continues, even if he stopped writing about it. And, in fact, it is clear that Cho had to continue to write fragments of the post-*The Dwarf* lives in the form of short stories as a testament to the persisting reality of the theme embodied in the dwarf. He had to write more on it because he was conflicted between his

에 없게 된다.

김병익, 「역사에의 분노 혹은 각성의 눈물」

『난장이가 쏘아올린 작은 공』 연작에서 굴뚝 청소부 이야기를 비롯해 '뫼비우스의 띠'나 '클라인씨의 병' 모티프는 지향 의식의 리얼리티 효과를 낳는 기제들이다. 혼돈 속의 질서, 혹은 질서 속의 혼돈을 탐문하는 카오스모스적 의식이기에 이분법적 세계관의 단순성을 보완하는 기제이면서, 이 연작 전체에 복합성의 미학을 부여한다. 조세희의 『난장이가 쏘아올린 작은 공』은 확실히 그 자체로서 하나의 '뫼비우스의 띠' 같은 소설이요, '뫼비우스 환상곡'이다. 대단히 비극적인 산업 시대의 소외된 신화이자, 동시에 소외 초극 의지의 신화이다. 현실주의적 전망이 닫혀 있던 시대, 아니 전망은 차치하고라도 현실 인식마저 미망에 휘둘려야 했던 시절, 작가 조세희는 이처럼 양가적이고 역설적인 난쟁이 신화를 창조했던 것이다. 작가의 현실 인식과 전망 추구는 1970년대 한국 작가가 감당할 수 있는 거의 최대치의 고행의 결과가 아닐까 짐작한다. 신에게도 잘못이 있는 험한 세상에서, 그 특유의 사랑법에 기대어 희망

exhaustion from the story and his sense of unfini-
shed business.

Kim Byeong-ik, *Anger at History, or Tears of Awakening*

The motifs of "the Mobius strip" and "the Klein
bottle," as well as the story of a chimney sweeper
in *The Dwarf* are tools that create an effect of reali-
ty, based on an orientation. These stories belong to
"chaosmos"-like consciousness; that is, they ex-
plore cosmos in chaos, or chaos in cosmos; they
complement the simplicity of a dualistic worldview
and imbue the series of short stories in *The Dwarf*
with an aesthetics of complexity. *The Dwarf* is like
the Mobius strip—or a Mobius fantasy. It is an
alienation myth of a tragic industrial age at the
same time that it acts as a will-to-overcome-alien-
ation myth.

During the time when a realistic perspective was
blocked—an era when even our understanding of
reality had to be replaced with forced delusion,
Cho Se-hui created this highly ambiguous and
ironic dwarf myth. I believe Cho's awareness of re-
ality and his exploration of alternatives were the
result of his practicing an asceticism to the maxi-
mum level that a Korean author could bear in the

의 길을 놓치지 않으려 한 작가가 바로 조세희다. '거인'과 '난쟁이'의 대립적 경계를 해체한 초극의 지평에서 진정한 인간의 모습, 정녕 인간다운 삶의 공간을 꿈꾼 조세희의 소설이야말로, 문학의 위의와 영광을 생생하게 표상한다.

우찬제, 「대립의 초극미, 그 카오스모스의 시학」

1970s. In such a harsh world, in which "the fault lies with God as well," Cho tried not to stray from the path of hope, relying on his particular art of love. Cho's works, in which he dreams of truly humane lives on the horizon, erasing and overcoming the antagonism between "giants" and "dwarfs," vividly represent the dignity and glory of literature.

Wu Chan-je, *The Beauty of Overcoming Antagonism, Its Poetics of Chaosmos*

조세희

1942년 8월 20일 경기도 가평에서 출생했다. 서라벌 예술대학교 문예창작학과와 경희대학교 국문학과에서 수학했다. 경희대 재학 중인 1965년 《경향신문》 신춘문예에 단편 「돛대 없는 장선(葬船)」이 당선되어 등단한다. 등단은 했지만 타고난 문학적 염결성으로 인해 "소설가로서의 한계를 느껴" 창작 활동을 중단한 채 평범한 직장인으로 살아간다. 그러다가 유신체제가 절정을 이루던 1975년, 돌연 다시 펜을 들고 『난장이가 쏘아 올린 작은 공』 연작을 쓰기 시작한다. 이 연작은 1975년 12월부터 3년여에 걸쳐 여러 문예지에 발표되었고 1978년에 문학과지성사에서 단행본으로 출간되었다. 출간 직후부터 독자들의 뜨거운 사랑을 받기 시작하여, 1996년에 100쇄를, 2005년에 200쇄를 넘어섰다. 출간 29년 만인 2007년 8월 100만 부(228쇄)를 돌파하는 스테디셀러로 문학사적, 사회사적 사건이 되었다. 독서 시장뿐만 아니라 담론의 공간에서도 『난장이가 쏘아올린 작은 공』은 줄곧 문학사·정신사·사회사에서 두루 문제작으

Cho Se-hui

Cho Se-hui was born in Gapyeong in 1942. He studied creative writing at Seorabol College of Art and Kyunghee University. Cho made his literary debut in 1965, when his short story "Burial Ship Without a Mast" won the *Kyunghyang Shinmun* Spring Literary Contest. For the next ten years, however, he stopped writing and led a common working life "because of [his] self-consciousness of [his] own limitation as a novelist." In 1975, at the height of the Yusin dictatorship, he suddenly began to write again, collecting and publishing a series of stories as a serialized novel, *The Dwarf,* in 1978.

This novel was so popular that it sold a million copies within a month of its publication. It became an event in Korean literary and social history, generating intellectual discourses around it. Based on the antagonism between the dispossessed, symbolized by dwarfs, and the "haves," symbolized by giants, *The Dwarf* asserts that the unhappiness and tragedy of dwarfs are not limited to the economic realm, but pervade all aspects of their lives. *The*

로 논의되었다. 이 연작은 난쟁이로 상징되는 못 가진 자와 거인으로 상징되는 가진 자 사이의 대립적 세계관을 바탕으로 하고 있다. 그 대립 속에서 난쟁이들의 불행과 비극은 비단 경제적인 문제에서 그치는 것이 아니라 사람살이 전면에 걸쳐진 것이었다. 『난장이가 쏘아올린 작은 공』은 산업화 이후 이 땅에서 거의 최초로 자유와 더불어 '평등'의 이념형을 본격적으로 형상화한 작품이다. "사람이 태어나서 누구나 한 번 피 마르게 아파서 소리 지르는 때가 있는데, 그 진실한 절규를 모은 게 역사요, 그 자신이 너무 아파서 지른 간절하고 피맺힌 절규가 『난쏘공』이었다고 작가는 말한다.

『난장이가 쏘아올린 작은 공』 출간 이후에도 조세희는 자기 소설의 주인공인 난장이와 그 가족과 동료들을 계속 응시한다. 한편으로는 자기 소설에서 죽어간 난장이와 그의 아들을 애도하기도 하고 다른 한편으로는 난장이를 그렇게 죽일 수밖에 없었던 것에 대해 죄책감에 사로잡히기도 하면서, 난장이 후일담 성격의 짧은 단편들을 쓴다. 난장이 시절 이후 줄곧 고통스런 현실과 마주칠 수밖에 없었던 조세희는 허구적 '시간 여행'을 통해 그 고통의 역사성을 탐문한다. 문제적 중편 「시간여

Dwarf was probably the first novel that seriously tackled the problem of equality during Korea's rapid industrialization period. The author says that history is a collection of people's screams as they find themselves unable to bear the pain of their lives. *The Dwarf* is Cho's own painful scream.

After the publication of *The Dwarf*, Cho continued to write short stories that deal with *The Dwarf*'s main characters' post-*The Dwarf* lives, as well as *Time Travel* (1983), a work that invites readers into a layered experience of troubled historical time periods and incites their righteous anger and awareness. During the most oppressive period of the fifth republic (1980~1987), Cho stopped writing again, which he explains in his remark: "One day I instantly and completely lost all the words that I had to write. And they didn't return." Because he wanted to record reality, however, he chose instead to use a camera, the result of which is *The Roots of Silence* (1985), an iconography of suffering in the world, including scenes from mining towns, tearful reunions of dispersed family members, and starving people in India.

Since the 1990s, Cho has continued to work actively in various media, including fiction, literary

행』(1983)은 한국의 역사와 현실에 있어서 고통스런 억압의 시간의식을 환기시켜 주는 소설이다. 예의 고통스런 시간대를 중층적으로 곱씹어 체험케 함으로써 분노와 각성을, 나아가 대자적 역사의식을 촉구한 작품이다.

그러다가 조세희는 또 다시 침묵의 시절로 돌아간다. "말이 10개라면 그중에 5~6개밖에 쓸 수 없었던" 5공화국의 억압적 분위기 아래서 더 이상 쓸 수 없겠다는 생각 때문이다. "어느 날 나는 내가 써야 할 많은 말들을 한순간에 잃어버리고 말았다. 말들은 돌아오지 않았다."(『침묵의 뿌리』). 그래서 그는 펜 대신에 사진기를 선택한다. 1979년 사북사태가 일어나자 그는 사진 찍는 친구들에게 제발 그 기록을 남겨달라고 부탁한다. 그러나 아무도 귀담아 듣지 않자 홧김에 카메라를 한 대 사들고 필름을 끼운 뒤 현장으로 달려간다. 『사진의 첫걸음』이란 얄팍한 책 한 권으로 사흘 만에 속성으로 사진술을 깨우친 뒤였다. 이때의 사진 작업과 경험을 바탕으로 1985년 사진 산문집 『침묵의 뿌리』를 낸다. 사회비평적 혹은 문명비평적 성격이 강한 이 산문집에서 작가는 '경제발작시대'에 '우리가 지어온 죄'를 증거하고 역

and cultural criticism, and photography, using them to record, condemn, and explore alternatives to "the century of villains." He writes in the inaugural editorial of the literary quarterly *Dangdae Bipyeong*: "We have spent the twentieth century suffering from horrifying pains. For the past hundred years, our people have dispersed too much, cried too much, died too much. The good lost to the evil. The past hundred years, including dictatorship and autocracy, was the century of villains. There has never been a period in our history when those so ignorant, so cruel, so greedy, and so selfish banded freely and flourished."

사적 현상을 반성적으로 재소유하고 싶어 한다. 사북의 탄광촌 풍경이나, 탄광촌의 사람들, 이산가족찾기 눈물의 현장, 인도의 기아 현장 등등 세계적 고통의 현장에 들이댄 그의 렌즈는 세계악(世界惡)의 사회비판적 도상학이다.

조세희는 침묵의 시기를 거쳐 1990년/1991년 절절하게 가슴에 묻어둔 이야기를 다시 꺼내 놓는다.《작가세계》특집호(1990년 겨울호)를 계기로 장편『하얀 저고리』를 분재했던 것이다. 분재 이후 몇 차례에 걸쳐 출간을 시도했지만, 작가 스스로의 엄격한 자기검열로 인해 아직 단행본으로 출간되지는 않았지만, 분재본으로도 그 성격을 분명히 가늠할 수 있다. 이 장편은 짧게는 20세기 후반 폭력적 군부 독재 정권에 의해 처절하게 고통받은 이야기면서, 나아가 20세기 전체의 수난사이며, 길게는 한국사의 상당 부분을 관통하는 고통의 내력 이야기다.

1980년대에도 그랬던 것처럼 1990년대 중반에 조세희는 니콘 FM2 사진기를 들고 노동자들의 집회 현장을 쫓아다니며 쉴 새 없이 찍고 메모하기를 멈추지 않는다. 1995년 11월에는 프랑스의 모든 공공 부문 교통수

단이 일제히 멈추어 버린 노동자 총파업 때 파리를 다녀오기도 한다. 그곳에서 그는 "권력의 폭거에 저항하며 미래를 스스로 선택하는 노동자의 모습"을 보았다고 한다. 1997년 계간《당대비평》의 편집인으로 활동하면서, 조세희는 소설이 아닌 다른 형식으로 다시 세상을 향해 발언하기 시작한다.《당대비평》창간사의 한 대목이다. "20세기를 우리는 끔찍한 고통 속에 보냈다. 백 년 동안 우리 민족은 너무 많이 헤어졌고, 너무 많이 울었고, 너무 많이 죽었다. 선은 악에 졌다. 독재와 전제를 포함한 지난 백 년은 악인들의 세기였다. 이렇게 무지하고 잔인하고 욕심 많고 이타적이지 못한 자들이 마음 놓고 무리시어 번영을 누렸던 적은 역사에 없었다."

번역 **손석주** Translated by Sohn Suk-joo

손석주는 《코리아타임즈》와 《연합뉴스》에서 기자로 일했다. 제34회 한국현대문학 번역상과 제4회 한국문학번역신인상을 수상했으며, 2007년 대산문화재단으로부터 한국문학번역지원금을, 2014년에는 캐나다 예술위원회로부터 국제번역기금을 수혜했다. 인도 자와할랄 네루 대학교에서 영문학 석사 학위를, 호주 시드니대학교에서 포스트식민지 영문학 연구로 박사 학위를 받았으며 미국 하버드대학교 세계문학연구소(IWL) 등에서 수학했다. 현재 동아대학교 교양교육원 조교수로 재직 중이다. 인도계 작가 연구로 논문들을 발표했으며 주요 역서로는 로힌턴 미스트리의 장편소설 『적절한 균형』과 『그토록 먼 여행』, 『가족문제』 그리고 김인숙, 김원일, 신상웅, 김하기, 전상국 등 다수의 한국 작가 작품들을 영역했다. 계간지, 잡지 등에 단편소설, 에세이, 논문 등을 60편 넘게 번역 출판했다.

Sohn Suk-joo, a former journalist for *the Korea Times* and *Yonhap News Agency*, received his Ph.D. in postcolonial literature from the University of Sydney and completed a research program at the Institute for World Literature (IWL) at Harvard University in 2013. He won a Korean Modern Literature Translation Award in 2003. In 2005, he won the 4th Korean Literature Translation Award for New Translators sponsored by the Literature Translation Institute of Korea. He won a grant for literary translation from the Daesan Cultural Foundation in 2007 and an international translation grant from the Canada Council for the Arts in 2014. His translations include Rohinton Mistry's novels into the Korean language, as well as more than 60 pieces of short stories, essays, and articles for literary magazines and other publications.

감수 **전승희, 니키 밴 노이**

Edited by Jeon Seung-hee and Nikki Van Noy

전승희는 서울대학교와 하버드대학교에서 영문학과 비교문학으로 박사 학위를 받았으며, 현재 하버드대학교 한국학 연구소의 연구원으로 재직하며 아시아 문예 계간지 《ASIA》 편집위원으로 활동 중이다. 현대 한국문학 및 세계문학을 다룬 논문을 다수 발표했으며, 바흐친의 『장편소설과 민중언어』, 제인 오스틴의 『오만과 편견』 등을 공역했다. 1988년 한국여성연구소의 창립과 《여성과 사회》의 창간에 참여했고, 2002년부터 보스턴 지역 피학대 여성을 위한 단체인 '트랜지션하우스' 운영에 참여해 왔다. 2006년 하버드대학교 한국학 연구소에서 '한국 현대사와 기억'을 주제로 한 워크숍을 주관했다.

Jeon Seung-hee is a member of the Editorial Board of *ASIA*, is a Fellow at the Korea Institute, Harvard University. She received a Ph.D.

in English Literature from Seoul National University and a Ph.D. in Comparative Literature from Harvard University. She has presented and published numerous papers on modern Korean and world literature. She is also a co-translator of Mikhail Bakhtin's *Novel and the People's Culture* and Jane Austen's *Pride and Prejudice*. She is a founding member of the Korean Women's Studies Institute and of the biannual Women's Studies' journal *Women and Society* (1988), and she has been working at 'Transition House,' the first and oldest shelter for battered women in New England. She organized a workshop entitled "The Politics of Memory in Modern Korea" at the Korea Institute, Harvard University, in 2006. She also served as an advising committee member for the Asia-Africa Literature Festival in 2007 and for the POSCO Asian Literature Forum in 2008.

니키 밴 노이는 하버드대학교에서 인문학을 공부하고 보스턴에서 활동하는 작가이자 프리랜서 기고가 겸 편집자이다. 18살 때 처음 《보스턴글로브》 신문의 편집에 참여한 이래 랜덤하우스와 《네이처》 잡지 등의 출판사에서 수많은 책을 만드는 작업을 하며 줄곧 글을 쓰고 편집하는 생활을 해왔다. 저서로 사이먼 앤 슈스터 출판사에서 출판된 『골목의 새 아이들: 다섯 형제와 백만 자매들』과 『그렇게 많은 할 말들: 데이브 매슈즈 밴드―20년의 순회공연』 등 두 권의 음악 관련 전기가 있다. 글을 쓰거나 편집하지 않을 때는 요가를 가르치거나 찰스 강에서 카약이나 서프보드를 타며 장거리 자동차 여행을 통해 모험을 즐긴다.

Nikki Van Noy is a Boston-based author and freelance writer and editor. A graduate of Harvard University, she first worked in an editorial capacity at the *Boston Globe* at the age of eighteen, and has never looked back. Since then, Nikki has work at a host of book and magazine publishing companies, including Random House and *Nature* magazine. In addition to her editing work, Nikki authored two music biographies, *New Kids on the Block: Five Brothers and a Million Sisters* and *So Much to Say: Dave Matthews Band—20 Years on the Road*, published by Simon & Schuster. When she's not writing or editing, you can find her teaching yoga around Boston, kayaking and paddle boarding on the Charles, or chasing down adventure on a road trip.

바이링궐 에디션 한국 대표 소설 079

모독

2014년 11월 14일 초판 1쇄 발행

지은이 조세희 | 옮긴이 손석주 | 펴낸이 김재범
감수 전승희, 나키 밴 노이 | 기획위원 정은경, 전성태, 이경재
편집 정수인, 이은혜, 김형욱, 윤단비 | 관리 박신영 | 디자인 이춘희
펴낸곳 (주)아시아 | 출판등록 2006년 1월 27일 제406-2006-000004호
주소 서울특별시 동작구 서달로 161-1(흑석동 100-16)
전화 02.821.5055 | 팩스 02.821.5057 | 홈페이지 www.bookasia.org
ISBN 979-11-5662-049-5 (set) | 979-11-5662-053-2 (04810)
값은 뒤표지에 있습니다.

Bi-lingual Edition Modern Korean Literature 079

Insult

Written by Cho Se-hui I **Translated by** Sohn Suk-joo
Published by Asia Publishers I 161-1, Seodal-ro, Dongjak-gu, Seoul, Korea
Homepage Address www.bookasia.org I **Tel**. (822).821.5055 I **Fax**. (822).821.5057
First published in Korea by Asia Publishers 2014
ISBN 979-11-5662-049-5 (set) I 979-11-5662-053-2 (04810)

한국문학의 가장 중요하고 첨예한 문제의식을 가진 작가들의 대표작을 주제별로 선정!
하버드 한국학 연구원 및 세계 각국의 한국문학 전문 번역진이 참여한 번역 시리즈!
미국 하버드대학교와 컬럼비아대학교 동아시아학과, 캐나다 브리티시컬럼비아대학교 아시아
학과 등 해외 대학에서 교재로 채택!

바이링궐 에디션 한국 대표 소설 set 1

분단 Division

01 병신과 머저리-**이청준** The Wounded-**Yi Cheong-jun**

02 어둠의 혼-**김원일** Soul of Darkness-**Kim Won-il**

03 순이삼촌-**현기영** Sun-i Samch'on-**Hyun Ki-young**

04 엄마의 말뚝 1-**박완서** Mother's Stake I-**Park Wan-suh**

05 유형의 땅-**조정래** The Land of the Banished-**Jo Jung-rae**

산업화 Industrialization

06 무진기행-**김승옥** Record of a Journey to Mujin-**Kim Seung-ok**

07 삼포 가는 길-**황석영** The Road to Sampo-**Hwang Sok-yong**

08 아홉 켤레의 구두로 남은 사내-**윤흥길** The Man Who Was Left as Nine Pairs of Shoes-**Yun Heung-gil**

09 돌아온 우리의 친구-**신상웅** Our Friend's Homecoming-**Shin Sang-ung**

10 원미동 시인-**양귀자** The Poet of Wŏnmi-dong-**Yang Kwi-ja**

여성 Women

11 중국인 거리-**오정희** Chinatown-**Oh Jung-hee**

12 풍금이 있던 자리-**신경숙** The Place Where the Harmonium Was-**Shin Kyung-sook**

13 하나코는 없다-**최윤** The Last of Hanak'o-**Ch'oe Yun**

14 인간에 대한 예의-**공지영** Human Decency-**Gong Ji-young**

15 빈처-**은희경** Poor Man's Wife-**Eun Hee-kyung**

바이링궐 에디션 한국 대표 소설 set 2

자유 Liberty

16 필론의 돼지-**이문열** Pilon's Pig-**Yi Mun-yol**

17 슬로우 불릿-**이대환** Slow Bullet-**Lee Dae-hwan**

18 직선과 독가스-**임철우** Straight Lines and Poison Gas-**Lim Chul-woo**

19 깃발-**홍희담** The Flag-**Hong Hee-dam**

20 새벽 출정-**방현석** Off to Battle at Dawn-**Bang Hyeon-seok**

금기와 욕망 Taboo and Desire